Ln. 27 17653.

Ln. 27 17653.

HOMMAGE

A LA MÉMOIRE VÉNÉRÉE DE MON PÈRE.

C. S.

Nouvion, ce 3 janvier 1860.

1860

TOUL. — Imp. de A. BASTIEN, rue du Salvateur, 12.

NOTICE

SUR LES

DERNIERS MOMENTS DE MON PÈRE.

Quand nous recevons de là main dès hommes l'épreuve qui doit épurer nos âmes, il n'en rejaillit le plus souvent que des amertumes, et nous cherchons en vain dans les consolations humaines quelque adoucissement à nos plaies inguérissables.

Mais lorsque c'est Dieu qui frappe lui-même sa créature, il le fait paternellement : à côté du sacrifice qu'il impose, sa miséricorde a placé la résignation qui fortifie.

Si une tombe nouvelle s'ouvre dans le champ des morts, une semence de vie se répand sur ceux qui l'arrosent de pieuses larmes et ils sentent comme un parfum de vertu qui s'en échappe. Ces pieuses larmes ne sont-elles pas le tribut réservé à une douce mémoire ? Elles coulent pour ceux qui nous lèguent des exemples de sagesse, de droiture, de bonté ou de courage que la Foi seule consacre pour toujours.

A côté de la destruction nous entrevoyons la renaissance ; en face du temps nous envisageons l'Eternité. . . . . Et alors, ne songeant plus qu'à l'heure suprême du repos qui nous réunira à nos bien-aimés, il nous semble être plus près d'eux par les ferventes aspirations de notre âme.

Tant que dure ce mystérieux entretien nous sommes pénétrés de célestes douceurs qui élèvent et purifient nos sentiments.

(*) Là, nos affections reprennent une vie nouvelle, là
« s'évanouissent les amertumes du désespoir ; et lorsqu'il faudra
« redescendre sur cette terre, nous y reviendrons une joie impé-
« rissable au cœur ; fidèles, mais sans révoltes ; reconnaissants,
« mais pas égoïstes ; soumis, mais non oublieux. »

Si Dieu nous frappe, c'est pour que nous le sentions. S'il déchire, c'est qu'il faut que nous soyons déchirés. Dieu ne veut pas d'idoles, mais il veut de fortes affections. Il a fait notre cœur pour elles, il les a faites pour notre cœur. Dieu veut que nous l'aimions de toute notre énergie, et lorsque nous nous ralentissons dans l'accomplissement de ce devoir, il nous le rappelle en nous châtiant.

(**) Mais tout au fond de l'épreuve repose je ne sais quelle
« douceur pénétrante : je la connais, je l'ai goûtée alors que
« défaillante je suis tombée prosternée sous la main de mon
« Dieu. Mais cette joie n'éclatait pas en cris de victoire, ce sont
« les cieux qui retentissent de ces magnifiques clameurs. Ma
« joie, à moi pauvre lueur vacillante, s'abritait au plus secret
« de mon âme ; elle l'éclairait d'un jour triste mais paisible,
« pendant qu'agenouillée je cachais mon visage et pleurais
« en silence. — Ne craignez point, nous n'ouvrons pas des
« galeries souterraines, nous ne traçons pas des chemins

(*) Des Horizons célestes.
(**) IDEM des Horizons célestes.

« audacieux vers d'inaccessibles sommets. . . . . . . Nous
« asseoir à côté d'un tombeau, écouter ce que dit notre Père,
« le recueillir et en fortifier notre cœur, voilà, c'est tout,
« il n'y a pas autre chose. »

L'auteur des Horizons célestes, qui s'identifie merveilleusement à toutes les nuances de la douleur, a tracé ces dernières lignes pour l'immense généralité de ceux qui pleurent. Il est d'autres consolations dont nous devons soigneusement perpétuer le souvenir dans nos familles, quand il plaît au Seigneur de nous les accorder. Ces consolations, puisées à un lit de mort, se gravent profondément dans la mémoire. Grands et petits y trouvent de salutaires enseignements, et c'est ici le dernier mot du divin précepte :

« Père et mère tu honoreras. »

Oui, même au-delà de la tombe, nous devons les honorer ces guides si chers de notre enfance, ces amis si dévoués *de toute notre vie*. Dieu bénit la reconnaissance de l'enfant qui raconte les vertus de sa mère, le courage et la sagesse de son père . . . Commençons donc ce récit, le second et je pourrais même dire *le troisième* depuis cinq ans ; car j'ai perdu, dans ce laps de temps mon père, ma mère et le *maître* vénéré qui les aida à diriger ma jeunesse.

Tous trois ont subi un long martyre avant de descendre dans « cette maison de leur Eternité », où, selon les promesses de l'Ecriture « la force de Dieu même conduit les justes qui sont demeurés fidèles à sa loi. (*) »

Ce fut le 28 juillet, pendant que nous faisions une courte station en Lorraine (au retour des eaux de Niederbronn), que mon pauvre père ressentit les premières atteintes d'un accès de goutte qui prit bientôt des proportions effrayantes.

(*) Ch. 11, v. 17 de la Sagesse.

Le 2 août, j'étais près de lui. Je le trouvai perclu de tous ses membres depuis le cou jusqu'aux pieds inclusivement. « Tu me vois dans un bien triste état, ma pauvre enfant » me dit-il quand je l'eus embrassé. Puis comme il s'aperçut que les larmes me venaient aux yeux : « Je commence pourtant, » ajouta-t-il, à remuer un peu le cou ; c'est ton retour qui me » porte bonheur. » Il semblait, en effet, que le mieux dût se prononcer rapidement ; car déjà, le 6, mon cher malade se retournait seul, et son médecin trouva le pouls assez descendu pour lui permettre l'emploi des capsules Tricard qu'il avait déjà prises avec succès. Ce sont de grosses pilules couleur chocolat, dont l'enveloppe est aussi dure que du métal. Nous avons su depuis, en faisant analyser ces pilules, qu'elles renfermaient des substances éminemment actives qui pouvaient devenir pernicieuses si elles se développaient dans l'estomac. C'est malheureusement ce qui arriva à mon père, non pas pour les premières doses dont l'action fut telle qu'en 8 jours il avait recouvré l'usage de tous ses membres, mais les deux dernières capsules ne furent point digérées, et il se plaignit alors d'une vive sensation de brûlure à l'estomac.

Dans la soirée du vendredi 12 il se sentait mieux et j'entrais chez lui avec confiance le samedi matin, quand je le trouvai vomissant de la bile dont la couleur m'épouvanta. Le Docteur, pour me rassurer sans doute, prétendit que cette couleur était celle des capsules non digérées. Il prescrivit des tisanes rafraîchissantes qui ne furent supportées que 48 heures, ensuite une simple cuillerée d'eau ne passait même plus. Au bout de 3 ou 4 jours on essaya du bouillon de poulet, puis du bouillon de bœuf, et il fallut de nouveau s'arrêter. Les vomissements se reproduisirent une fois ou deux jusqu'au 5 septembre, quarantième jour de cette cruelle maladie.

Du 8 au 11, le malade se trouve mieux ; après quoi une mauvaise nuit influe sur son état jusqu'au 14. Le 14 et le 15, il essaie avec succès (du moins il le croit) de s'alimenter d'un peu de viande dont il avale seulement le jus. Mais le 17, les eaux et la bile lui reviennent en abondance sur l'estomac : un vomissement s'en suit. Cependant, le 18, il éprouve des tiraillements et des besoins plus impérieux que jamais, et, vers le soir, il suce un bifsteck qui passe si bien que, le lendemain, de bonne heure, il lui en fallait un second , et vers midi il en demanda même un troisième.

Je m'arrête après avoir esquissé à grands traits les phases principales de la maladie, du premier au cinquante-troisième jour, car ce n'est plus un bulletin de santé qu'il faut écrire..... Néanmoins il importe de constater que jusqu'à cette époque mon père avait conservé des forces physiques qui soutenaient encore notre espoir en présence d'un mal aussi profond et aussi tenace. Depuis le 15 août, c'est-à-dire pendant un mois, il resta levé une grande partie du jour, se promenant fréquemment dans sa chambre. Du 24 au 28, il lui fut même permis de sortir en voiture. Je l'accompagnai les deux premières fois : il trouvait que l'air lui rendait la vie, et j'espérais beaucoup de ce moyen hygiénique dont je l'engageai à user chaque jour, pendant une courte absence que j'étais forcée de faire du 29 au 31 . Mais lorsque je rentrai chez moi, le 1er septembre, j'appris qu'il se trouvait moins bien et qu'il n'avait pu sortir qu'une seule fois. L'inflammation de l'estomac le fatiguait beaucoup et il ne fallait rien moins que sa puissante énergie pour l'aider à se dissimuler le plus souvent la gravité de son état.

Le docteur Verrier s'en préoccupait vivement, et lorsque je trouvais mon cher malade un peu mieux, il me disait : « Ne nous réjouissons pas avant que l'estomac ait fonctionné « pendant huit jours sans interruption : alors on pourra conce- « voir des espérances sérieuses, mais non encore une certitude « de guérison. La constitution de M. Robin est extraordinaire, « il est vrai, sa force morale dépasse encore sa force physique ; « mais le mal est bien profond, bien obstiné. Le temps et la « patience, voilà notre devise. »

Hélas ! le temps marchait sans apporter de changement réel dans la situation. Chaque nouveau remède, par là même qu'il faisait diversion aux dégoûts de l'estomac semblait opérer mieux que les précédents , et bientôt après il était reconnu impuissant comme les autres. Les bains rafraîchissaient un peu le malade et atténuaient les sensations de brûlure intérieure dont il se plaignoit ; mais il finit par se trouver trop faible pour les supporter et les abandonna surtout à cause de la fraîcheur de l'automne qui se faisait déjà sentir. Du reste, il nous répétait souvent : « Cela n'avance pas ; pourtant je ne vais pas plus « mal. Il me semble même que l'estomac tend à se dégager. » En effet, le 18 septembre, comme on l'a vu plus haut, la nature semblait faire un suprême effort en stimulant l'action d'un organe toujours si lent à fonctionner. Mais ce que nous prenions pour un commencement d'appétit n'était qu'une trompeuse sensation, la dernière qu'eut mon pauvre père en ce genre. Au moment de prendre le troisième repas qu'il avait demandé, il sentit une commotion subite, un bouleversement général, et aussitôt il rendit une grande abondance de bile.

J'arrivais à lui toute joyeuse, une heure après cette crise, le croyant entré en convalescence, quand je fus frappé de l'altération de ses traits et de la tristesse répandue sur son visage. « Ma fille, me dit-il, je viens d'avoir une terrible secousse. « Jamais je n'ai rien éprouvé de pareil ; aussi la faiblesse me « gagne depuis une heure bien plus qu'en vingt jours de maladie. » Cependant il resta levé jusqu'à 7 heures du soir, mais alors il fallut le soutenir dans le trajet de son fauteuil à son lit , chose qui n'était pas encore arrivée. Le lendemain 19 il ne se leva point et vomit vers le soir.

20 SEPTEMBRE.

« Le surlendemain il s'affecta profondément et dit à son « docteur : Hâtez vous d'employer des remèdes énergiques, « il en est temps.... Je serai bien heureux si je me tire de là.»

Quelques jours auparavant, il avait eu un pressentiment semblable, dont je m'étais alarmée, connaissant ses habitudes d'optimisme invariable quand il s'agissait de lui-même. Je

venais de lui lire une lettre de M. le duc de Clermont-Tonnerre, qui l'engageait à venir chez lui achever sa convalescence quand il serait en état de voyager. « Je ne sais si j'irai à Glisolles, ma pauvre Charlotte, » me dit-il. — Cher père, vous n'irez pas dans cette saison, répondis-je ; mais au printemps, vous pourrez sans inconvénient vous mettre en route. « J'en doute fort. Le mal ne cède pas, il s'aggrave plutôt : enfin, nous verrons. »

Je devinai, au ton dont il prononça ces paroles, qu'il était plus inquiet qu'il ne voulait le paraître. Un instinct filial m'avertissait déjà du danger imminent qui planait sur cette tête si chère : ma première impression du 13 août ne m'avait point trompée. . . .

Le 21 septembre, l'estomac paraissait un peu moins irrité ; la langue l'annonçait, mais les préoccupations de notre cher patient n'avaient point diminué. On lui posa un vésicatoire volant. Dans la journée il fit appeler son neveu, Prosper Robin, causa avec lui assez longtemps et le pria de venir dans l'après-midi mettre en règle toutes ses affaires. Au premier mot qu'il prononça ouvertement là-dessus, je me sentis brisée.

Une horrible angoisse me déchira le cœur, je sortis vivement et je fus bientôt en proie à une de ces crises nerveuses qui sont, chez certaines natures, un signe précurseur de calme et de résignation chrétienne. Il semble que la Providence exige d'elles ce tribut aux faiblesses humaines afin qu'elles ne songent pas à se prévaloir des forces qui leur viendront ensuite. Dieu seul est le dispensateur des grâces surnaturelles qu'il nous faut dans le cours de notre douloureux pèlerinage ; et s'il nous le rappelle à chaque pas, c'est qu'il serait bien dangereux pour nous de l'oublier.

La soirée du 21 fut très pénible. Ce bon père, qui avait dicté lui-même à son neveu plusieurs articles de compte divers, s'était beaucoup fatigué : il passa une horrible nuit.

58me *Jour*.

Le jeudi 22, son état n'avait guère changé, et la mouche de la veille n'ayant pas pris, on en posa une plus active.

Ce jour là, vers trois heures, le malade rendit deux gorgées de bile, puis il reposa jusqu'à sept heures du soir et travailla encore une demi-heure avec son neveu. Lorsque celui-ci se fut retiré, il me dit d'approcher de son lit et de m'asseoir auprès de lui, puis il ajouta : « Donne moi ta main. » Et aussitôt il commença, sans préambule, à m'exprimer ses dernières volontés.

Nullement préparée à cet entretien solennel, je ne puis dire ce qui se passa en moi, mais il me fut impossible de dominer une profonde émotion. Alors, me regardant avec une bonté ineffable et une angélique sérénité : « Il faut prendre courage, « ma fille, continua-t-il ; le sacrifice que tu vas faire est inévita- « ble, il est dans l'ordre de la nature : que ce soit aujourd'hui « ou dans dix ans, c'est toujours la même chose. . . . . Pour « moi, la vie maintenant n'a plus d'attraits et je *t'assure* que « je vois arriver la mort avec autant de calme que l'événement « le plus ordinaire. » — Je le crois, répondis-je, car vous n'avez employé votre laborieuse existence qu'à faire le bien, et vous avez tant souffert depuis cinq ans ! . . . . « En effet, « reprit-il, j'ai *bien* souffert, et cette dernière maladie n'est pas « une moindre épreuve que les précédentes. Aussi, je ne « désire ni vivre, ni mourir, je me résigne à la volonté de Dieu. « Ce qui me tranquillise, c'est que toutes mes affaires sont en « règle. Ta vie est arrangée pour que tu puisses te passer de « moi, et j'espère que tu sauras trouver du courage dans les « premiers moments. . . . . » Je lui répondis que j'avais confiance en Dieu et que j'espérais qu'il me viendrait en aide, mais que je ne pouvais me persuader qu'il exigeât si tôt de moi un pareil sacrifice.

« Tu dois voir, mon enfant, ajouta-t-il, que depuis quelques « jours ma situation est devenue telle qu'il n'est guère possible « que j'aille loin » ..... — Mais hier encore, interrompis-je, le docteur Hecquet me disait que si on parvenait à rétablir peu-à-peu les fonctions de l'estomac, rien n'était dérangé dans les autres organes et qu'on ne saurait désespérer encore d'une constitution telle que la vôtre. Sa réponse fut un *oui* qui exprimait le doute, auquel je ne voulus rien objecter, craignant de prolonger un entretien qui devait le fatiguer. Je retournai donc près de ma table à écrire et je fixai sur le papier toutes ses paroles pour en conserver fidèlement le texte, soin pieux auquel je ne manquai plus dans la suite.

« Je ne sache pas, s'écriait dernièrement un de nos savants sur la tombe de M. Soubeiran, je ne sache pas qu'il y ait rien au monde de plus chrétien que le spectacle d'un père pouvant, avant de mourir, regarder en face ses enfants avec la conscience d'avoir accompli son devoir pendant une vie de travail noblement remplie ». Je pourrais compléter cette vérité en ajoutant qu'il n'est pas de plus douce consolation pour les enfants que de se rappeler les traits chéris, le placide visage d'un tel père. Oh ! Comme il inspirait à tous le respect et l'admiration celui que je pleure ! ..... Quelles que fussent ses souffrances, jamais un nuage d'irritation ou de découragement ne vint assombrir sa physionomie bienveillante. C'était merveille pour ceux qui ne le voyaient qu'en passant ; combien plus pour nous, pour son confesseur et son médecin, qui suivions les moindres phases de son cruel martyre !

Le 23 septembre, après une nuit déplorable, pendant laquelle sa fidèle Rosalie le veillait, il me dit : « Mon enfant, j'ai fait « prévenir M. le Curé et je voudrais bien voir ton mari. » Paul étant venu aussitôt, il lui exprima un vœu qu'il avait déjà formulé, la veille, en s'adressant à moi, il nous révéla à tous deux le contenu de son testament et indiqua à mon mari où il trouverait tels et tels papiers importants pour sa comptabilité.

« Pendant que j'y pense, ajouta-t-il, le compte de M. le duc « de Clermont-Tonnerre n'a pas été signé. Il tenait la plume « pour cela quand on vint annoncer le déjeûner, et la chose « n'a pas été faite ; mais il doit avoir un double en règle. » Il n'omit point de parler d'une somme de mille francs qu'une pauvre femme lui avait confiée, et d'autres détails qu'il serait trop long d'énumérer. Enfin, s'adressant à son gendre : « Mon cher « Paul, lui dit-il, je n'ai pas besoin de vous recommander ma » fille : je sais que vous l'aimez, que vous en aurez soin. Quant » à moi, je m'avance maintenant avec confiance vers l'Éternité. »

Évidemment ce pauvre père devait faire des efforts d'intelligence et d'attention pour se rappeler toutes les recommandations qu'il voulait nous adresser, lui qui, depuis deux mois, n'avait pu même supporter la visite d'un ami. Aussi, eut-il plusieurs crises successives de nausées et de vomissements, à la suite desquelles il parut si calme qu'on eut pu croire qu'il dormait du meilleur sommeil. Et comme je le félicitais d'avoir si bien reposé pendant trois heures : « Ah ! fit-il, tu crois que j'ai dormi ? » . Il est probable que des rêves étranges ou de pénibles hallucinations l'absorbaient pendant ce repos apparent.

Vers onze heures, on fit monter M. le Curé.

Ce pauvre père venait de changer de lit et il se trouvait bien mal couché dans celui qu'on avait dressé à la hâte pour ne point le faire attendre. Il n'en resta pas moins long-temps à causer avec son confesseur, que nous trouvâmes tout en pleurs, en rentrant dans l'appartement. M. le Doyen m'expliqua depuis le motif de cette émotion. Il me dit que mon père lui avait parlé du ciel et de l'union des âmes avec Dieu en termes si profonds, si élevés, si pleins de Foi, qu'il en avait été attendri jusqu'aux larmes.

Puis, après une pause, ce bon père le regarda de ce regard limpide qu'on ne voit qu'aux mourants et lui dit doucement : « Embrassez moi . . . . Vous perdez en moi un ami bien « sincère. » Cet adieu si simple, qui renfermait tant de choses en quelques mots, avait achevé d'émouvoir M. le Curé au point qu'un sanglot s'échappa de sa poitrine , ce que voyant, le malade, toujours maître de lui, donna un autre tour à la conversation et la soutint encore un moment.

Il sonna bientôt pour qu'on le remit sur son lit habituel, ne pouvant plus tenir dans l'autre. Ce fut Prosper qui le porta, et lorsqu'il fut convenablement recouché, son neveu allait se retirer lorsqu'il l'appela auprès de lui et lui adressa de nouvelles recommandations.

Quand je revins dans sa chambre, quelques moments après, je trouvai aussi mon pauvre Prosper tout en larmes. Il sentait, à son tour, combien allait lui manquer cette protection à laquelle il doit la bienveillance que chacun lui témoigne dans le pays , et un grand trouble s'était fait dans son âme. Pour moi, mon Dieu ! que se passait-il dans la mienne ? . . . . Vous le savez. C'est de vous que j'ai reçu le don d'aimer si fortement les êtres qu'il vous a plu de confier à mes soins : c'est de vous aussi que je dois recevoir, sans murmures, l'arrêt d'une inévitable séparation. Mais vous aurez pitié de moi, comme, j'en ai la confiance, vous avez eu pitié d'eux . . . . . Je les retrouverai un jour et je bénirai encore avec eux votre saint nom !

« Je suis tout prêt maintenant, » me dit ce bon père, dès qu'il me revit à son chevet. « Je ne pourrai pas communier, les vomissements s'y opposent : » . . . . — Non, reprisje ; mais vous recevrez les saintes huiles. « Ah oui, demain n'est-ce-pas ? »

Cependant au bout de deux heures, il me dit : « Je crois qu'il
« vaut mieux que je reçoive l'Extrême-Onction aujourd'hui. Ma
« tête s'affaiblit, il me vient sans cesse des sueurs froides et
« des étourdissements .... Fais demander M. le Curé. » Vers
trois heures et demie, notre excellent doyen arriva. Il avait eu
la délicate attention d'amener avec lui un jeune abbé pour répondre aux prières, si je manquais de courage pour cela. Mais en le
remerciant, je l'assurai que Dieu ne me refuserait point la grâce
de remplir ce devoir filial auprès de mon père, comme je l'avais
fait pour ma mère, et je me sentais, en effet, aussi ferme dans
cet instant que j'avais été faible quelques jours plus tôt. En présence du calme inaltérable de mon malade bien-aimé, j'obéis-
sais à l'influence sympathique qui agit sur les êtres unis par une
sainte et légitime affection.

Une crise d'étouffemens et de nausées survint au moment
où la cérémonie allait commencer. M. le Curé eut la bonté
d'attendre que le pauvre patient fût remis. Et alors, avec quelle
pieuse sérénité il reçut le sacrement qui purifie l'âme de ses
moindres souillures, en lui rappelant le néant des plaisirs
sensuels et l'adorable attrait des célestes voluptés ! Quand le
prêtre récita les paroles du symbole, il répondit intelligiblement :
« Je le crois. »

Mon pauvre mari, quoique souffrant, avait voulu être présent
à la cérémonie. Ma tante Watbled y assistait aussi.

Tout étant terminé, mon père appela Paul, d'une voix ferme,
pour une affaire qu'il voulait lui expliquer. Ensuite il me dit :
« On donnera dix francs à Hucleux pour avoir fait ma barbe
pendant ma maladie. »

On voyait, à l'expression de son visage, qu'il avait constamment l'esprit tendu sur ce qu'il aurait pu oublier de nous dire.
Vers le soir encore, lorsque je retournai près de lui, à peine
m'eut-il aperçue que, sans même remarquer la présence de ma
belle-sœur qui me suivait, il se mit à relever un détail qu'il avait

omis dans un des renseignements fournis à son gendre. Je lui présentai Madame Anatole, ajoutant qu'elle venait lui faire ses adieux avant de quitter Nouvion. « Merci, madame, » fit-il.

Eh bien, comment vous trouvez-vous ce soir, M. Robin ? demanda-t-elle. « Assez calme, il me semble, répondis-je pour lui. » « Oh ! reprit-il, pour avoir dit ce peu de mots, je suis déjà exténué. » . . . .

Mon père avait toujours conservé tant de forces relatives jusque là, qu'il s'exagéra peut-être sa faiblesse tout d'abord.

Il n'imaginait pas le degré d'épuisement auquel on peut arriver sans mourir, et au premier symptôme de dépérissement il crut sa fin imminente. Aussi, il ne s'opposa point à ce que j'appelasse une sœur de Bon Secours pour le veiller la nuit, et elle arriva ce même jour 23 septembre. La fièvre avait beaucoup augmenté, le pouls était à 80 pulsations. La nuit fut bien plus agitée que le jour et je ne le pressentais que trop, car il me fut impossible de fermer l'œil. J'allai le voir à deux heures, il était en pleine crise, et quand ce fut calmé, il me dit : « Pourquoi t'es-tu levée, ma pauvre enfant ? » — Parce que je m'ennuyais de ne pas vous voir, répondis-je. — En le quittant, je me promis bien de coucher désormais près de lui, car loin de son chevet une exaltation indescriptible s'emparait de mon cerveau et m'ôtait le sommeil.

Samedi 24 Septembre.

Au point du jour il rendit quantité de bile noire. . . « Oh ! ma sœur, s'écria-t-il, que Dieu me prenne le plus tôt possible ! » Cependant il eut du calme jusqu'à midi. Son visage, très altéré la veille, s'était rasséréné étonnamment et rappelait une tête de Christ à la manière de Van Dyck. Il supporta à merveille deux changements de lit successifs. Et comme je lui demandais s'il se trouvait mieux sur son lit bien fait et couvert de linge blanc, il me dit : Oui. — Quel bonheur, cher père, repris-je, de réussir à vous procurer un peu de soulagement. . . .

«J'espère, fit-il d'une voix faible, que le bon Dieu ne tardera pas à m'appeler à lui. » C'était sa préoccupation invariable que cette union de son âme avec Dieu, et il en était tellement pénétré qu'aucune des terreurs de la mort ne put l'atteindre. Il obtint en cela une faveur bien rare et aussi précieuse pour ceux qui l'entouraient que pour lui-même. Son regard n'eut jamais de ces éclairs sans nom dans le langage, qui indiquent la frayeur dans ses plus poignantes étreintes et la dernière lutte de l'âme fidèle contre le malin Esprit. Ma pauvre mère ne fut pas exempte de ce tribut douloureux que les plus grands saints ont eux-mêmes payé quelquefois. Mais mon père était doué d'un courage viril tout exceptionnel. Il l'avait affermi et développé, dans le cours de sa laborieuse carrière, avec une infatigable persévérance. La lecture des traits d'héroïsmes, en tout genre, était sa meilleure récréation : il n'aimait que les bons livres et il affectionnait surtout les ouvrages classiques qui forment le jugement. « Je « remarque, me disait-il parfois, que quand on dévore des « volumes de votre littérature du jour, il n'en reste rien « dans l'esprit. C'est un assemblage de grands mots et de « phrases bien sonnantes, il est vrai ; mais on n'en saurait rien « tirer pour l'utilité de la vie. » Il faisait pourtant une exception en faveur de nos écrivains sérieux tels que Messieurs Thiers, Guizot, Henri Martin, de Barante et autres dont le talent est incontesté. Ceux-ci, il en faisait d'autant plus de cas qu'ils étaient nés à une époque de décadence littéraire, et qu'ils avaient plus de mérite à s'être garés de l'ornière frayée par leurs condisciples. Combien de fois il déplora l'engouement de la foule pour les romans d'Alexandre Dumas et d'Eugène Sue, alors même que bien des hommes sérieux s'en amusaient sans prévoir leur influence désastreuse sur les mœurs populaires ! . . . . Ce rigorisme, qui n'était plus du siècle, faisait tache dans les conversations familières. En effet, je ne crains pas de le dire puisque ce n'était qu'une exagération de vertu, mon père s'était rendu maître de lui , dans sa jeunesse, au point de ne pas comprendre qu'un honnête homme pût être moins vertueux que lui. Les faiblesses que le monde excuse, encourage même, étaient à ses yeux de telles énormités, que souvent il ne voulait pas y croire quand on les attribuait à quelqu'une de ses connaissances.

Il avait une austérité de principes dont il attribuait tout le mérite à sa mère, femme éminemment supérieure, qui lisait, chaque soir, la Bible à ses enfants, et qui leur répétait souvent ce mot de la Reine Blanche à Saint Louis : « Mes enfants, « j'aimerais mieux vous voir morts que coupables d'un péché « mortel, d'une lâcheté ou d'un parjure. » C'est ainsi qu'elle dirigea une famille nombreuse dans des sentiments si élevés que pas un de ses enfants ou petits-enfants n'a forfait à l'honneur, et que tous ont eu et ont encore une conduite exemplaire.

C'est le reflet d'une éducation si chrétienne qui rayonnait sur le visage de ce bon père pendant le cours de sa longue maladie. A certaines heures, je ne pouvais détacher mes yeux de cette physionomie noblement accentuée où l'amour du bien et de la vertu était imprimé en caractères indélébiles.

Notre excellente amie, Madame Devarennes, vint dans un de ces moments. Elle le vit assoupi , il n'ouvrit point les yeux ; mais que de choses pourtant on lisait dans ses traits ! Le même jour M. de Pierres monta sans s'être fait annoncer et il fut bien surpris du calme parfait avec lequel notre cher malade le reconnut, lui fit un signe de tête et lui dit : « Merci... mes forces » m'abandonnent. »

Déjà, il ne parlait plus qu'à voix basse et le moins possible. Son confesseur et son médecin étaient les seules personnes en faveur desquelles il articulât d'une façon plus distincte. Le premier suivit de près M. de Pierres, il exhorta un instant le malade, puis il lui donna sa bénédiction, et tous agenouillés, nous fîmes à son lit quelques prières. Après quoi, je présentai à ses lèvres le petit crucifix sur lequel ma mère chérie avait rendu le dernier soupir....

25 SEPTEMBRE. — 60me *Jour*.

Le lendemain dimanche, jour de Saint-Firmin, était celui de la fête du village ; et comme notre habitation n'est séparée de la place où l'on danse que par une avenue d'ormes, les sons criards de l'orchestre campagnard arrivaient souvent jusqu'à ce lit de douleurs où tant d'angoisses physiques et morales se trouvaient réunies.

Bientôt, ce furent les cloches qui lancèrent au vent leur triple volée pour annoncer le service commémoratif qu'il est d'usage de célébrer le lendemain. Ce pauvre père était alors si tourmenté de nausées et d'étouffemens qu'il demandait toujours de l'air. La sœur fit observer que si on ouvrait la fenêtre, le bruit de la sonnerie pourrait le fatiguer : « au contraire, reprit-» il, j'aime le son des cloches. »

Cette journée ayant été assez calme, je le lui fit remarquer avec consolation, et j'approchai ma joue de la sienne, le priant de m'embrasser, ce qu'il fit avec une sorte d'effusion. Un instant après, il dit avec son calme habituel : « Priez Dieu que je m'en aille, car je souffre trop. » Et nous, en le voyant si tranquille, nous pensions que ses douleurs avaient diminué ; mais il ajouta : « j'étouffe toujours, toujours j'ai des aigreurs, des amertumes... « puis l'estomac me brûle. » Son confesseur étant venu une heure après, il lui dit : « je souffre beaucoup, mais soyez tranquille, le courage ne me manquera pas. »

Vers quatre heures., notre cher cousin de Monthières étant

arrivé, j'allai en prévenir mon père. « Est-il là, fit-il énergiquement ; et ouvrant les yeux plus que de coutume, car sa vue était fort affaiblie, il avança la main vers cet excellent parent qui la prit dans les siennes. « Je suis bien aise de vous voir, mon ami », lui dit-il du ton le plus affectueux. Il s'arrêta tout-à-coup. L'émotion le gagnait et il eut une forte suffocation dont il se remit bientôt.

La soirée ne fut pas mauvaise (toujours en apparence). . Vers dix heures je me couchai, et à minuit j'aidai la sœur à le remuer : il ne pouvait plus se retourner seul. Deux heures après, il dit tout haut et d'une voix ferme : « Est-tu levée, Charlotte ? » Et comme la religieuse répondit que *non*, il se tut.

Ce fut seulement lorsque j'arrivai à son lit qu'il me pria d'aider sa garde à le remonter sur ses oreillers. Si je n'avais pas été éveillée il eût peut-être enduré long-temps encore une position qui le fatiguait, plutôt que de me déranger. Dès que ma présence à son chevet ne fut plus utile, je me remis au lit sans qu'il le remarquât ; de sorte qu'au bout d'un quart d'heure, il dit avec sa bonté ordinaire : « Il faut te recoucher, mon enfant. » Et il eut du repos jusqu'à six heures.

Lundi 26 septembre.

Par ordre du médecin, on le fait boire plus souvent : les vomissements s'apaisent. Son beau-frère, M. Delegorgue, vient le voir, accompagné de son fils Albert. Il leur presse la main à tous deux en silence, l'émotion l'empêche de parler. Mais quand ces Messieurs retournent près de lui, avant de nous quitter, il leur dit adieu très distinctement. On voit que sa faiblesse va toujours croissant et néanmoins il crache encore très fermement et se rince la bouche avec une grande aisance. La nuit, il fait de vains efforts pour vomir : il semble que l'estomac ne puisse plus se contracter pour rejeter la bile qui le gêne. Vers cinq heures du matin il répète encore : « Que le bon Dieu me prenne donc ! » . . . .

MARDI 27 SEPTEMBRE.

Ce jour là, il y avait une noce dans la famille, et il s'en préparait une autre pour la mi-octobre. Ainsi vont les choses de ce monde ! — Dieu fait passer, sous nos yeux pleins de larmes, des images d'amour, de bonheur, d'espérance, pour nous rappeler que nous aussi, nous avons eu nos heures de fête, nos promesses d'avenir ; mais que la vie réelle commence alors que la jeunesse s'enfuit, et emporte, avec nos plus chères affections, les joies ardentes d'un autre âge. Il nous reste *nos souvenirs*, et l'attrait du devoir, et le désir du bien, et le zèle pour ceux que la Providence nous a confiés. C'est à notre tour de protéger après avoir été protégés nous-mêmes, de guider et d'éclairer ceux qui ont des droits à nos conseils. Tout devient grave et sérieux pour qui n'a plus le tendre appui d'un père et d'une mère. Heureux sont ceux que la Providence daigne inspirer dès les premiers pas chancelants de cette nouvelle existence ! Puisse-t-elle me venir en aide ! . . . .

Vers onze heures et demie du matin, le pauvre malade eut une secousse violente. Il retrouva ensuite du calme et on en profita pour lui donner un peu de phospholeïne, espèce de poudre nutritive d'une digestion facile. Il ne s'en plaignit point, mais le lendemain, quand on lui en proposa de nouveau, il nous dit que cela avait eu grande peine à passer et lui avait beaucoup fatigué l'estomac.

MERCREDI 28 SEPTEMBRE.

La nuit fut excellente, et pourtant la sœur lui avait entendu dire : « Mon Dieu ! ayez pitié de moi. » — Prenez courage, Monsieur, reprit-elle, Dieu ne vous abandonnera pas. Ayez confiance en lui. — « Oh ! je l'ai »... interrompit-il vivement.

Le matin, il s'écria : « Quelle vie douloureuse ! » La journée se passa pourtant mieux que la veille et, selon nous, il paraissait beaucoup moins malade. Tout-à-coup une nausée lui vint : avant d'essayer de vomir, il me regarda et me dit : « Ah ! mon enfant, quand cela finira-t-il ? » — .... Nous vous trouvons mieux, cher père, répondis-je, et nous espérons qu'avec du temps et de la patience votre santé se remettra. — « N'espérez pas, fit-il, je suis trop faible. » Il était évident pour nous cependant que ses souffrances étaient moins vives : il nous dit, en effet, qu'à part ses étouffements, il ne souffrait pas beaucoup. Telle n'avait pas été sa réponse depuis que son état s'était tant aggravé. Vers 3 heures, il se plaignit d'amertume dans la bouche, et comme je lui proposais de prendre quelque chose : « Attendons, attendons, répondit-il, je ne suis pas mal du reste. » — Mon Dieu ! m'écriai-je intérieurement, y aurait-il donc encore quelque espoir de le sauver ? ....

A 4 heures $^1/_2$, il fut repris d'étouffements, et dès qu'il se sentit un peu remis, il me dit sans préambule : « Tu sais la terre de Campagne que j'ai vendue, elle n'est pas payée : l'acquéreur la doit. On trouvera les papiers chez le notaire du Bourg d'Ault. Ne l'oublie pas » .... Ensuite, il reprend : « On donnera 50 francs aux musiciens de la commune : je leur ai promis cette somme » . Ma tante Watbled s'étant approchée de son lit pour relever sa couverture, il tourna la tête de son côté, lui prit la main, la serra fortement et ajouta : « je vous remercie tous de vos bons soins. Il est impossible d'être plus attentifs que vous n'êtes pour moi. » Cette pauvre tante fut tellement émue qu'elle ne put retenir ses sanglots. Pour moi, qui n'avais déjà presque plus de larmes, je lui répondis que c'était une preuve de l'attachement que tout le monde lui portait, et je lui parlai des nombreuses lettres que je recevais chaque jour, toutes pleines de vœux ardents pour sa guérison.

Je mentionnai en particulier celle de M. le duc de Clermont-Tonnerre, qui espérait encore que Dieu, en lui conservant mon père, lui épargnerait un malheur *qui pèserait sur toute sa vie :* « Oh ! oui, il m'aimait bien *lui*, a-t-il répondu. » Ma belle mère s'étant approchée un moment après ; « Merci aussi », lui dit-il : « j'espère que la Providence va mettre un terme à ma triste existence ». La soirée fut un peu plus agitée, la nuit de même, mais sans étouffements et sans nausées.

29 Septembre.

Cependant il se dégoûtait de glace, et le matin, après une crise assez forte, il nous dit que cette glace lui avait désorganisé l'estomac et qu'il n'en voulait plus prendre. — M. le Doyen vint le voir dans l'après-midi : « Ah ! mon Dieu, fit-il, je n'avance ni ne recule : ma faiblesse est extrême » . . . . .

— Ne vous laissez-vous point aller au découragement, dit le prêtre ? — « Non » répondit-il sans hésiter, d'un signe de tête significatif.

Vers 4 heures, il regarda ma tante et sa fille Fanny qui étaient avec moi près de lui : « Mes pauvres enfants, dit-il, je vous donne bien du mal. » Et, sur notre réponse toute naturelle qu'on était bien heureux de lui donner ce témoignage d'affection : « Oh ! oui, je suis bien soigné », reprit-il. Le soir, Prosper et sa femme sont venus. Il demanda au premier si on montait sa machine à battre et si les maçons travaillaient au mur de sa cour. Nous remarquions qu'il s'occupait des choses extérieures plus qu'il ne l'avait fait depuis sa dernière rechute. Le 30 septembre, il essaya même de prendre une cuillerée de lait et sommeilla toute la journée sans se plaindre. Il en reprit encore une à 5 heures et la soirée fut bonne. Le pouls avait varié de 70 à 80 pulsations. M. le Doyen lui exprimait sa satisfaction de le trouver un peu mieux. — Peut-être, ajouta-t-il, le bon Dieu veut-il encore vous conserver à vos amis.— « Je veux ce que Dieu veut » fut sa réponse.

Samedi 1er OCTOBRE.

Bien que la nuit eut été exempte d'agitation, nous trouvâmes, le matin, que son visage était moins calme dans les intervalles où il ouvrait les yeux, intervalles plus longs que la veille. Une cuillerée de lait, prise à 9 heures $^1/_2$, fut d'une digestion pénible. Dans l'après-midi, nous trouvâmes ses traits altérés et quelque chose de sombre dans sa physionomie. Cependant il exprima encore à M. le Curé le regret de lui tourner le dos, parce qu'il ne se couchait plus guère que sur le côté droit.

Il reçut, ce jour-là, la visite de M. Objois qui avait eu la bonté de venir tout de suite, en apprenant la gravité de son état. Et comme il le félicitait du changement favorable qui se manifestait dans sa situation : « On trouve, reprit-il, que mon état s'améliore depuis trois jours. » Mais dans ces paroles et la manière dont il les prononça, il y avait une incrédulité non équivoque.

Ce cher père avait l'esprit très positif. Il revenait difficilement sur une première impression, quand elle avait été sérieuse et profonde. Et puis, il est probable qu'il sentait lui-même, mieux que personne, les approches de la mort. Il songea encore à prévenir M. Objois que Prosper travaillerait avec lui, qu'il était au courant de ses affaires. Avant son départ, M. Objois revit le malade et lui dit avant de le quitter : vous êtes mieux, n'est-ce pas, M. Robin ! .... — Mon pauvre père, qui n'avait pas voulu s'exprimer ouvertement devant moi, fit un signe de tête négatif très marqué, en réponse à cette interrogation. J'étais, hélas ! placée de façon à le voir sans être vue de lui, et je compris que mes dernières illusions allaient s'engloutir pour faire place à la dure réalité. Son confesseur qui vint le soir, le trouva beaucoup moins bien. — Offrez à Dieu vos longues souffrances, lui dit-il, et ne perdez pas patience, surtout. — « Je ne perds pas patience, lui répondit-il distinctement. »

La nuit fut bonne. Plus de nausées ni de contractions d'estomac. Il se plaignait seulement d'aigreurs qui s'annonçaient par une toux sèche, comme s'il avalait de travers. Les gaz ne sortent plus par la bouche et il semble que l'estomac fasse une suprême tentative pour se rasséréner.

DIMANCHE 2 OCTOBRE.

Quoique sa cuillerée de lait lui ait paru mauvaise le matin, il prend volontiers, à onze heures, un peu d'eau rougie avec quelques miettes de biscuit. A 2 heures, il essaie deux gorgées de bouillon et il dit lui-même à sa nièce Fanny qu'il n'est pas trop mal pour son état, qu'il y a amélioration du côté de l'estomac. Du reste, il est presque toujours assoupi. Dans l'après-dîner, il lui vient une quinte de toux plus longue que les autres, et comme nous lui offrons de prendre quelque chose pour la calmer : « Tout-à-l'heure, dit-il, vous voyez bien que j'ai failli étouffer. »

Il prit cependant deux cuillerées de bouillon un peu plus tard, et ne voulut que du bouillon pendant la nuit.

LUNDI 3 OCTOBRE.

Le matin, il déclara lui-même à son médecin qu'il n'allait pas plus mal : « mon estomac tend à digérer, ajouta-t-il, et il s'y prête beaucoup mieux. »

C'est un phénomène surprenant que ces phases diverses d'une longue maladie, qui font succéder les espérances trompeuses à la presque certitude d'une catastrophe. Malgré moi, je chassais déjà mes sombres pressentiments. Le témoignage du malade me paraissait surtout de bon augure, et prenant à part le docteur Verrier, je lui demandai son opinion. « Je trouve peut-être M. votre père un peu mieux, me dit-il ; mais nous avons, je ne vous le cache pas, quatre-vingt dix-neuf mauvaises chances contre une favorable. Il est donc impossible de se prononcer encore sur les chances de l'avenir. » Je reconnus bientôt la vérité de cette observation ; car au bout de deux heures les traits du pauvre patient subirent une visible altération. Il parut bien plus affaissé que la veille et ne voulut plus accepter de boisson aussi souvent. Cependant on le changea de linge et il supporta très bien cette opération. Le soir, M. le Curé étant venu, il lui prit la main en disant : « Je suis oppressé…. je ne puis parler »….. Alors le prêtre l'exhorta à continuer de souffrir avec le courage et la patience qu'il avait montrés jusque là.

« Notre Seigneur veut vous rendre de plus en plus semblable à lui, continua-t-il, afin de proportionner la récompense qu'il vous destine aux mérites que vous gagnez depuis le commencement de cette longue épreuve, qu'on peut appeler une maladie de privilége et de prédestination. Bientôt vous trouverez, dans le ciel, la suprême félicité qui vous fera sentir tout le prix des souffrances que vous aurez endurées pour l'amour de Dieu sur la terre. »

Pendant la nuit, l'haleine devint de plus en plus mauvaise, ce qui indiquait, hélas ! une décomposition fatale. Les vomissements revinrent, et mon pauvre père ne voulut plus rien prendre. Mais il ne proféra pas une seule plainte sur le retour d'accidents qui avaient disparu depuis quatre jours.

Mardi 4 octobre.

Le milieu de la journée ramena un peu de calme à notre cher patient, mais la soirée fut très pénible. « J'ai constamment des nausées qui me fatiguent beaucoup », disait-il à notre doyen, avec la même douceur que s'il lui eût adressé une parole affectueuse.

Mercredi 5 Octobre.

Le matin, il dit à son Docteur : « Je passe la moitié de ma journée à vomir » . . . . Et c'était vrai.. Il rendait quantité de bile noire, indice certain d'une fin prochaine. Après une de ces secousses qui me brisaient le cœur, je lui dis, en le voyant si bouleversé : — pauvre martyr ! — « Oh oui, reprit-il. . . . Ne me remuez que le moins possible. » Comme je posais ma main sur la sienne qui était froide : « Ne réchauffez pas ma main, ajouta-t-il. Il ne faut pas me toucher. » Il est probable que sa chair était endolorie et son pauvre corps si impressionnable que le moindre attouchement ajoutait une souffrance de plus à toutes les autres. « J'espère, reprit-il après une pause, que dans trois ou quatre jours je serai délivré de mes peines. »

Comme il avait cessé de nous parler de ce sujet, nous supposions qu'il ne s'en occupait plus, et qu'une sorte d'anéantissement moral ne lui permettait plus de mesurer, comme auparavant, le terme probable de son existence. Mais intérieurement, malgré sa faiblesse, il continuait d'offrir son sacrifice à Dieu. » C'est un héroïsme chrétien, disaient les uns ; c'est un courage des temps antiques », disaient les autres » : tous s'unissaient dans une commune admiration. Il paraissait inouï qu'avec un estomac privé de nourriture depuis plus de deux mois, un cerveau tout-à-fait vide, un affaissement complet et soixante-treize ans d'âge, il fût possible de maîtriser l'humaine faiblesse jusqu'à ce point et de conserver un sang-froid, une présence d'esprit inébranlables.

Cette journée du 5 fut si cruelle qu'on eut pu la croire précurseur de l'agonie ; mais la nuit fut *relativement bonne*, et quand on lui demanda, le matin, comment il se trouvait : « je suis toujours assoupi » , répondit-il. Depuis deux ou trois jours, il n'y voyait plus et il faisait des efforts de prunelles qui indiquaient son embarras, quand il entendait parler, près de son lit, quelqu'un qui ne s'y trouvait pas habituellement. Victor, son jardinier, ayant passé la nuit près de lui avec la sœur de Bon Secours (car il fallait désormais être deux), il lui dit : « Est-ce vous, Victor ? » Et sur la réponse affirmative de celui-ci, il reprit : « Vous passez la nuit ? » — Oui, Monsieur. — « C'est bien, continua-t-il. Il faudra vous coucher dans le jour. »

JEUDI 6 OCTOBRE.

Comme sa nièce Fanny lui offrait à boire : « Non, fit-il, je suis *au bout*. Mais le Seigneur aura pitié de moi. »

Cependant la matinée de ce jour fut assez calme. Le malade se plaignait seulement de la quantité d'eau accumulée sur son estomac. Il se fit encore nettoyer la bouche avec un cure-dent et consentit à boire un peu dans l'après-midi et la nuit suivante. Nous lui donnions de l'eau fortement gommée qui prolongea sa vie, au témoignage du médecin, lequel répéta souvent que si mon père eut été moins bien soigné, il serait mort quinze jours plus tôt.

VENDREDI 7 OCTOBRE.

Ce pauvre père ne voulait plus rien faire sans me consulter.

Pendant que je déjeûnais, il m'envoya chercher afin d'avoir mon avis sur un remède qu'il désirait prendre. Pendant le dîner on vint encore m'appeler parce qu'il disait à la sœur : « J'ai besoin et on ne me donne rien.»—Voulez vous boire, Monsieur? proposa-t-elle ? « Mais non, c'est quelque chose à manger qu'il « me faut. Allez chercher ma fille. » Quand je fus à son lit et que je lui demandai ce que je pouvais faire pour lui : « C'est un peu de rafraîchissement que je voudrais, me dit-il. » — Hélas ! pauvre père, je le sais bien . . . . et que ne ferais-je pas s'il était en mon pouvoir de vous soulager ? Mais quoique je sois votre fille aussi tendre que dévouée, cette douce consolation m'est interdite. . . . — Je lui proposai alors un peu d'eau gommée avec du vin vieux, il consentit à en prendre et retomba dans son assoupissement. Il est probable qu'il avait confondu avec un besoin de nourriture ces défaillances d'estomac qui provoquent de si étranges sensations, et que bientôt il oublia qu'il avait demandé à manger.

La nuit fut calme. Il songea encore à demander quelle était la seconde personne qui le veillait, et la sœur lui ayant dit que c'était Norbert, l'un de mes domestiques. « C'est bien », fit-il.

SAMEDI 8 OCTOBRE.

Vers 6 heures du matin, la religieuse, qui lui avait toujours vainement proposé à boire, renouvelait la question sous toutes les formes. Elle lui demanda en dernier lieu : — Désirez vous quelque chose, Monsieur? — « Je voudrais bien, reprit-il, sortir « de cette chambre.» — Son gendre étant venu le voir à 8 heures, lui dit bonjour à voix basse, et il nous fut démontré alors que notre cher malade n'y voyait plus du tout. Car, ne sachant qui lui parlait, il ouvrit de grands yeux sans regard et répondit avec contrainte « Bonjour ! » . . . .hésitant s'il devait dire Monsieur dont il prononça la première syllabe ; mais sentant aussitôt la main de M. Hecquet dans la sienne : « Est-ce vous, Paul, » dit-il ? Et, sur la réponse affirmative de mon mari, il fit un signe de tête affectueux.

Une heure après, voyant qu'il paraissait chercher quelqu'un des yeux, je m'approchai et il me dit : « Qu'allons nous faire maintenant?... comme s'il eut cru, ce pauvre père, que sa fille devait avoir plus que personne quelque moyen d'alléger son martyre. Je ne pouvais hélas ! que lui proposer de boire un peu, et ses dégoûts continuels l'en détournaient. Enfin, il accepta quelque chose : je le remerciai d'avoir fait cela pour moi, et d'un signe il me prouva que j'avais été comprise.

Sa nièce, Madame Prosper Robin, survint ensuite. Je la fis avancer et l'engageai à embrasser la main du pauvre moribond, ajoutant tout haut : « C'est Élise ». Il souleva encore ses paupières, dilata ses prunelles avec effort, puis il dit : « bonjour, bonjour .... Asseyez vous ».

Toute ma vie, je me souviendrai de l'impression qu'éveillaient en moi ces mouvements désespérés pour distinguer les objets et sortir de la nuit profonde qui régnait autour de lui. Mais ce nouveau supplice n'ébranla ni son courage, ni sa patience. Il ne s'en plaignit même point.

Dans l'après-midi, une sorte de prostration l'absorba pendant plusieurs heures. Tout-à-coup ouvrant les yeux, il m'adressa cette étrange question : « Ton père est-il encore ici ? » .... Et sur ma réponse affirmative, « Il est parmi vous ? » continua-a-t-il. — Certainement, repris-je. — « Ah !.. c'est bien. »

Je supposai que souvent depuis qu'il avançait vers la tombe, mon cher patient s'était dit : bientôt ma pauvre enfant n'aura plus de père ! » et que sous l'empire de quelque hallucination, il me

croyait déjà orpheline. Hélas ! ne l'étais-je pas de fait sinon en réalité ? Que me restait-il de cet être chéri, enveloppé déjà des ombres de la mort, ne vivant plus que par artifice et si près du dernier soupir ?.... Plus de communications intimes, plus d'échange de pensées et de sentiments ! Un pauvre corps torturé, une âme absorbée par les souffrances matérielles et désormais incapable de suivre l'idée la plus simple. Et pourtant l'enveloppe inerte, qui a renfermé une intelligence d'élite, conserve un tel prestige pour ceux qui l'ont aimée, que cet amour ne s'éteint pas avec la vie ; et qu'abandonner cette dépouille mortelle est une déchirante nécessité qu'on n'accepte qu'à la dernière heure.
— O mon Dieu ! comment ai-je résisté à cette désolante séparation ?.. Vous seul pouvez soutenir notre âme défaillante en proie à de telles angoisses. Je me sentis mourir, et pourtant j'ai survécu. Aussi, je mets plus que jamais en vous toute ma confiance et je sais qu'avec votre secours, on peut tout supporter.
— Combien de fois m'est revenu à la mémoire le chant divin du Psalmiste : *Cum ipso sum in tribulatione* ?

Oui, je sentais l'égide mystérieuse du Très-Haut qui me couvrait de sa puissante protection ; et j'avais aussi les plus intimes consolations de l'amitié. Tous les dévouemens ont entouré le lit de mort de mon excellent père, et c'était à qui m'épargnerait une fatigue, essuyerait une de mes larmes ou mettrait un peu de baume sur mes plaies douloureuses. Ces cœurs dévoués ont reçu leur meilleure récompense par le témoignage si touchant que rendit à leur zèle celui que nous pleurons. Qu'il me soit permis, à mon tour, de leur redire que ma vie ne sera pas assez longue pour reconnaître ce que je dois à leurs bons soins, à leur tendre affection. Après bien des semaines d'accablement, le premier réveil d'une âme qui se résigne est un cri de reconnaissance profonde pour ceux qui l'ont assistée dans ces graves événements de la vie. Les nommerai-je ? .... Non.

Ils liront tous cet hommage rendu à leur infatigable dévouement pour mon père vénéré et à leur pieuse compassion pour mon malheur. Que Dieu les bénisse, les protège, et leur rende au centuple le bien qu'ils m'ont fait ! C'est mon vœu le plus cher.

Ce samedi 8 octobre fut le dernier jour où mon père nous parla. Il n'eut peut-être pas moins de connaissance le lendemain, mais il était devenu si faible qu'il évitait jusqu'au moindre mouvement et paraissait supporter avec peine les questions que son entourage lui adressait quand il le fallait absolument. Il lui était devenu très difficile d'articuler et il ne pouvait plus le faire désormais que par soubresaut.

Cependant M. le curé étant venu le soir, il lui tendit encore la main. Le pasteur lui dit que si Dieu prolongeait son martyre, c'était pour le rendre semblable au saint homme Job par les tribulations, afin de l'associer plus intimement, comme ce patriarche, à sa gloire immuable et à ses dons les plus parfaits. Ensuite, il lui demanda, comme de coutume, s'il n'avait pas d'impatiences, de découragements, à force de souffrir ainsi. « Non, du tout, » reprit-il énergiquement, comme s'il eut voulu que son dernier souffle de vie s'exhalât dans un acte de Foi.

Mon père avait toujours affectionné la grande image de Job et il relisait souvent son histoire. On eut dit qu'il pressentait qu'un jour il aurait besoin de la constance inébranlable et du courage exceptionnel de cette victime livrée à la rage de Satan, pour être comblée ensuite des plus insignes faveurs du Très-Haut.

Dimanche 9 octobre.

Nous remarquons que l'affaissement moral dépasse encore ce qu'il avait été jusque là. Pourtant le pauvre malade avance toujours la main vers son médecin et prête l'oreille de son mieux aux paroles qu'il lui adresse. Pour nous, il nous répond à peine : c'est une telle fatigue pour lui de prêter attention à une phrase, que nous prenons le parti de lui apporter à boire sans le lui avoir offert d'avance.

Lundi 10 octobre.

Malgré une nuit fort calme, son visage a pris une teinte plus cadavéreuse que la veille. Pourtant, son docteur lui ayant demandé comment il allait, il répond lui-même « pas... trop ... mal... » Mais, c'est avec effort et indistinctement qu'il prononce les syllabes. Son extrême faiblesse lui fait redouter de changer de place, et c'est quand il n'y peut plus tenir qu'il nous fait signe de le remuer.

Vers 2 heures, une grande agitation se manifeste et semble présager un commencement d'agonie. Le calme reparaît néanmoins dès que nous l'avons remis sur le côté droit, sa position préférée, surtout lorsque son corps formait un demi-cercle dont la tête se trouvait la partie la plus basse. Dès le début de sa maladie il éprouvait du soulagement dans cette singulière attitude.

Mardi 11 octobre.

A 8 heures du matin, une nouvelle crise se déclara. Le teint se colore, la fièvre redouble, et le pauvre malade s'agite autant que le permet son état d'épuisement. A 9 heures, ses traits s'altèrent subitement, son visage devient livide, sa respiration très difficile.... Il croit lui-même que sa dernière heure est venue, car il me dit : « donne-moi ta main, » en m'attirant à lui pour que je l'embrasse. J'envoie aussitôt chercher mon mari et M. le curé. Quand ils arrivèrent, la crise touchait à son terme, le visage était remis et ce pauvre père put répondre encore avec une parfaite connaissance à la longue exhortation que lui fit son confesseur avant de commencer les prières de l'agonie. Mais cet effort suprême dut être le dernier, car dès-lors il ne répondit plus aux questions qui lui étaient adressées ; et quand il essayait de demander quelque chose, le mot propre ne lui venait plus.

Son vocabulaire était réduit au seul verbe *enlevez ! enlevez !* qui exprimait le désir commun à tous les moribonds de sortir du lieu où ils se trouvent. Une fois entr'autres, il répéta long-temps ces trois syllabes avant de nous faire comprendre ce qu'il voulait, et je me rappelle tout ce que je ressentis alors de douleur. Combien je plaignis les malheureux qui soignent des êtres privés de connaissance et de parole, remerciant la Providence d'avoir prolongé jusque là, en ma faveur, une consolation refusée à tant d'autres....

Désormais tout était fini, je le voyais bien.

Les organes intellectuels avaient atteint le même degré d'affaissement que les autres et ne pouvaient plus soutenir la lutte dont ils étaient sortis si long-temps victorieux.

A dix heures du soir, la fièvre redoubla. Les mouvements saccadés des bras et de la tête indiquèrent que l'agonie suivait son cours. La respiration accélérée, la poitrine sifflante par moment semblaient annoncer le râle de la mort. Mais la nuit qui suivit fut au contraire la plus longue et la plus calme que notre cher patient eut jamais eue. A force d'agiter l'épaule gauche, il nous avait fait comprendre, vers neuf heures du soir, qu'il voulait reprendre sa position préférée ; et dès qu'il se trouva sur le côté droit, il ne bougea plus du tout. Pendant onze heures d'horloge, il resta ainsi sans ouvrir les yeux ou les lèvres, sans faire le plus petit mouvement. Cette espèce de léthargie eut pu se prolonger encore ; mais le lendemain matin , vers dix heures, quand son médecin arriva, il nous dit : « Vous voyez que la tête « de M. Robin touche la barre de son lit par le milieu , tandis « que les pieds sortent à l'autre extrémité : le peu de sang qu'il lui « reste reflue nécessairement au cerveau , il y a danger sérieux « à le laisser dans cette position, il faut absolument lui relever « la tête ». La première tentative qu'on en fit lui arracha un cri plaintif que je n'oublierai jamais , — le seul qui lui échappa pendant le cours de ses longues souffrances. Ce cri me déchira le cœur et, pour la première fois , je quittai un instant la chambre par la crainte d'en entendre encore un semblable. Mais hélas ! quand le pauvre moribond fut relevé à demi, on tenta vainement de lui faire avaler quelques gouttes de bouillon. Le gosier avait cessé de fonctionner , la mort était là..... toute prête à faire son œuvre.

Ainsi s'éteignait graduellement la vie si puissante, si tenace dans ce corps athlétique ! Au bord de la tombe tout s'égalise : les jeunes et les vieux, les forts et les faibles descendent du même pas dans la maison de leur éternité. . . . . .

De onze heures à midi, la respiration continua d'être accélérée, mais le pauvre martyr ne remuait plus. Bientôt le tour des lèvres se décolora, le souffle se ralentit jusqu'à n'être plus qu'un long soupir entrecoupé, et le dernier ressembla à un baillement... que la mort vint interrompre !

J'attendais, haletante, cette heure suprême, pour fermer de ma main les yeux de ce père tant aimé, et lui rendre les derniers devoirs que la piété filiale accomplit avec un saint respect et une pieuse tendresse. L'excès de ma douleur avait tari mes larmes. Je luttai une semaine entière contre ce nouveau genre de supplice. . . . .

Et lorsque s'apaisait la lutte intérieure
Craignant d'avoir vieilli dans ces instants si lourds,
Je sentais que j'avais dépensé dans une heure
La force qui suffit pour porter de longs jours.

Alors tout sentiment s'aiguise comme un glaive,
Les souvenirs puissants nous emportent ailleurs;
Et tout être chéri qu'on ne voit plus qu'en rêve,
Apparaît et s'enfuit sans nous donner de pleurs...

———

Lorsque l'on souffre, on garde au fond de sa pensée
Plus d'un mot que le cœur aurait peur de nommer.
Ah ! C'est une douleur faible et presque effacée
Celle que l'on peut exprimer.

Cependant, malgré moi, si quelque cri m'échappe,
Si quelque plainte sort de mon sein torturé,
Ne les recueillez pas : sous la main qui me frappe
On croirait que j'ai murmuré !

———

PRIÈRE.

O toi qui sais souffrir, garde mes lèvres pures !
Par mon silence encore que ton nom soit béni !
De ta main je veux prendre et vider sans murmures
La coupe de Gethsémani.

Après toi, mon sauveur, le front dans la poussière,
Laissant à leur repos ceux qui sont endormis,
Je redirai trois fois ma fervente prière
Sans réveiller de froids amis.

De ton délaissement, Jésus, qu'il te souvienne
Quand la terre et les cieux étaient sourds à ta voix.
Lorsque mon cœur faillit, fais qu'un ange me vienne,
Et je pourrai porter ma croix !

. . . .
. . . .

Au pied de tes autels j'irai verser mes larmes.
Là, je déposerai mes désirs, mes alarmes
Et ce trouble muet où le cœur se confond.
Au pied de tes autels j'irai chercher la joie :
Dans le calice amer que ta main nous envoie,
On la trouve en puisant au fond.

Qui de nous n'a senti, dans ces jours de malaise,
Où la tête s'égare, où le cœur brûle et pèse.
Le besoin d'échapper à tout regard mortel ?
Quelle ame, de silence et de repos avide,
N'a fui pour s'abriter dans quelque temple vide,
Cherchant Dieu caché sur l'autel ?

Que près du sanctuaire une heure ainsi passée
Donne de paix au cœur, de vie à la pensée,
Que de force l'on puise en ce doux entretien !
Sur des ailes de feu la prière s'élance,
Dieu répond ; et l'esprit qui l'écoute en silence
De ce monde ne sait plus rien.

Poésies du foyer

PAR MADAME GUINARD.

www.ingramcontent.com/pod-product-compliance
Ingram Content Group UK Ltd.
Pitfield, Milton Keynes, MK11 3LW, UK
UKHW021019120726
13693UKWH00005B/2075